MYSTÉRIEUSES AFFAIRES

L'ÎLE MORTELLE

Direction : Guillaume Pô
Direction éditoriale : Sarah Malherbe
Édition : Elsa Tirel
Conception graphique, composition et création de visuels graphiques : Éloïse Jensen
Correction : Aurélie Lacombe
Direction de fabrication : Thierry Dubus
Fabrication : Florence Bellot

www.fleuruseditions.com
ISBN : 978-2-2151-8806-3
MDS : FS88063

NADINE DEBERTOLIS • AURÉLIEN GALVAN

MYSTÉRIEUSES AFFAIRES

L'ÎLE MORTELLE

FLEURUS

PROLOGUE
Mauvaise surprise

17 juillet 2024

Ah, l'île de Ré ! Tous les étés, je viens passer les deux dernières semaines de juillet chez ma tante Laura. C'est la belle vie au bord de l'océan Atlantique, tranquille sans les parents ! Je profite de la plage et j'explore tout le nord de l'île à vélo. Depuis le temps, je connais les routes par cœur et je me suis fait quelques amis que je retrouve chaque année. C'est un peu mon deuxième chez-moi. Mais j'ai oublié de me présenter : je suis Romain, quatorze ans, sympa et serviable, mais quelque peu têtu et énergique, paraît-il…

Ce matin, j'arrive à Ars-en-Ré où vit ma tante et, à peine descendu du bus, je comprends que quelque chose cloche.

Laura m'accueille sans un sourire, ce qui ne lui ressemble pas du tout. Elle est pâle comme un linge, et vu les cernes sous ses yeux, je doute qu'elle ait beaucoup dormi cette nuit. Que peut-il bien se passer ? Elle me prend dans ses bras, me demande évasivement des nouvelles.

— Il y a eu un drame sur l'île, m'annonce-t-elle enfin. Un assassinat ! La victime a été découverte hier matin, sur la plage de la Conche des Baleines.

Sa voix tremble et ses yeux s'embuent de larmes. Laura est encore sous le choc, d'autant qu'elle connaissait l'homme qui a été tué : elle lui louait une maison depuis bientôt un an.

Tout en m'entraînant en direction de chez elle, elle me raconte ce qu'elle sait de cette tragique histoire, et je découvre petit à petit pourquoi sa tristesse est mêlée d'autant d'inquiétude. Ma tante est la principale suspecte du meurtre !

— Il s'appelait Hugo Jalabert et il avait une quarantaine d'années. Même s'il n'était pas sur l'île depuis très longtemps, il avait lié connaissance avec des habitants et semblait plutôt apprécié. Je n'aurais jamais soupçonné que quelqu'un lui voulait du mal ! Moi aussi, je m'entendais bien avec lui, mais depuis cinq mois, il ne payait plus son loyer à cause de problèmes d'argent. Je me suis montrée compréhensive au début, j'ai accepté de patienter. Toutefois, au bout d'un moment, je ne m'en sortais plus financièrement et je lui ai demandé de chercher un logement moins cher. Il a refusé tout net, en disant qu'il ne resterait de toute façon plus très longtemps sur l'île.

Je devine facilement la suite :

— Vous vous êtes donc disputés et tous les gens du coin savent que vous étiez en conflit.

Ma tante approuve d'un hochement de tête.

— Je suis la seule à avoir eu des problèmes avec lui. Puis on l'a retrouvé sur la plage de la Conche des Baleines, hier matin. La police a conclu qu'il avait été tué d'un fort coup derrière la tête, sans doute asséné pendant la nuit avec un outil. Pauvre homme... Les enquêteurs pensent à une pelle de jardinage. Et comme si le sort s'acharnait contre moi, la mienne a disparu de mon cabanon... Tous les soupçons se portent sur moi, d'autant que je n'ai aucune manière de prouver que j'étais bien à la maison en train de dormir, cette nuit-là, puisque je vis seule!

Nous arrivons chez Laura. À peine sommes-nous entrés qu'elle s'effondre sur une chaise de la cuisine. Je crois que ses jambes ne la portent plus tant elle se sent déboussolée et dépassée par cette affaire. Je m'installe à côté d'elle et pose une main sur son épaule.

—Excuse-moi, Romain. J'ai été retenue pendant des heures au commissariat, hier. Des policiers m'ont interrogée sans relâche, j'ai cru que j'allais finir en garde à vue. Je suis épuisée et je n'ai aucun moyen de prouver que je dis la vérité.

Elle a des larmes plein les yeux. Pour moi, bien sûr, ça ne fait aucun doute, elle est innocente! Je veux l'aider, je DOIS l'aider. Il faut que je démêle cette sombre histoire et que je démasque le véritable coupable, c'est la seule manière de mettre Laura hors de cause.

—Ne t'inquiète pas, dis-je fermement, je sais quoi faire.

Ce qui n'est absolument pas vrai. J'ai lancé ça comme une bouée à la mer, rafistolée par un tas de rustines qui ne tiendront probablement pas longtemps. Mon ton assuré fait néanmoins son petit effet, et Laura m'adresse un vague sourire. Je décide de récupérer un maximum d'informations, puisqu'elle reprend un peu du poil de la bête.

— Que faisait-il de ses journées, cet Hugo Jalabert ? Et qui étaient ses amis dont tu m'as parlé tout à l'heure ?

— Oh, il venait de Paris. Il a lâché son poste de bibliothécaire pour s'installer à Ars-en-Ré, il y a dix mois. J'ai l'impression qu'il a agi sur un coup de tête ! Comme il n'a pas retrouvé de travail ici, il passait le plus clair de son temps à s'adonner à sa plus grande passion.

— C'est-à-dire ?

— La plongée sous-marine. Il était devenu proche d'André, des marais salants, qui possède un bateau amarré au port d'Ars-en-Ré. Ensemble, ils allaient au large du phare des Baleines plusieurs fois par semaine. Et puis, Hugo se rendait aussi très souvent au phare pour voir Élodie, qui y travaille. Tu te souviens d'elle ?

C'est une ancienne copine d'école de ma tante, qui passe parfois prendre le thé ou le café ici. Je l'ai souvent croisée pendant mes séjours.

— Bien sûr !

— Je ne sais pas exactement s'ils étaient amis ou en couple, reprend Laura, pensivement. Elle affirmait qu'ils s'entendaient simplement bien, mais les rumeurs penchaient plutôt pour la seconde hypothèse.

Je vois ma tante se décomposer en prononçant le mot « rumeurs ». Elle doit songer qu'actuellement, le centre de tous les ragots sur l'île, c'est elle… Faute de savoir comment la réconforter, je décide d'agir et je file dans le jardin. C'est tout moi : je maîtrise l'art du « hop, hop, hop, je ne suis plus là ! » et m'évite ainsi des silences gênants ou d'autres moments de flottement. Une technique utile et efficace, même si on me reproche souvent de manquer de patience. Est-ce ma faute si j'aime le mouvement ?

Pour avoir déplacé des tas de terre à la sueur de mon front l'été dernier, je me souviens parfaitement de la pelle au manche rouge de ma tante. Mon petit tour me confirme qu'elle a bel et bien disparu. Laura ne ferme jamais à clé le cabanon, et il est possible de s'introduire dans le jardin en sautant par-dessus le portillon, qui n'est pas très haut. Je suis de plus en plus certain que le coupable a volé cet outil pour faire porter le chapeau à ma tante. Je fouine, je réfléchis, j'examine. Pas question de laisser Laura dans ce pétrin, alors j'aiguise mon sens de la logique et de l'observation !

Soudain, je repère un indice. Mon cœur tambourine dans ma poitrine. Des traces d'un rouge brun ont coloré le sommet d'une des planches du portillon. Cela ressemble beaucoup à du sang séché, comme si quelqu'un s'était blessé contre le bois. Le voleur de la pelle se serait-il râpé le bras ou la jambe en franchissant l'obstacle ? Je grave cet élément dans ma mémoire avant d'aller tâter les pneus de mon vélo, rangé dans le cabanon. Un petit coup de pompe pour les gonfler à bloc, et je serai prêt à arpenter l'île de Ré pour dénicher les preuves qui innocenteront ma tante. Hop, hop, hop, c'est parti !

PAR OÙ COMMENCER ?

La maison de la victime (page 17)
C'est l'endroit idéal pour en apprendre plus sur Hugo Jalabert.
J'espère y trouver de nombreux indices !

Le port et sa capitainerie (page 27)
Puisque la victime y passait très souvent, pour se rendre en mer et faire de la plongée, je vais interroger les habitués du lieu. Ils auront peut-être remarqué quelque chose de particulier dans le comportement d'Hugo Jalabert.

Les marais salants (page 37)

Je connais bien André, qui était devenu ami avec Hugo Jalabert. Ce sera facile de l'interroger, d'autant que c'est un grand bavard !

Le phare des Baleines (page 49)

J'aimerais en apprendre plus sur la vraie relation entre Élodie et la victime.

La plage de la Conche des Baleines (page 59)

C'est le lieu du crime ! Est-ce que des indices ont été oubliés ?

Reporte-toi à la carte de l'île et aide-moi à décider dans quel ordre opérer cette investigation...

La maison de la victime

Mon dernier séjour à Ars-en-Ré remonte à l'été précédent. Ma tante possède une petite maison secondaire qu'elle loue pour compléter ses revenus et qui venait de se libérer à l'époque. C'est celle qu'occupait Hugo Jalabert, ces derniers mois. Ah ! si j'avais une machine à voyager dans le temps, je pourrais retourner à l'époque où Hugo n'avait pas encore mis les pieds sur l'île, le dissuader de s'y installer et empêcher le crime !

— Arrête de rêver, Romain, me sermonné-je à voix haute.

Contrairement au drame qui nous occupe, parler tout seul n'a jamais tué personne. Je respire un bon coup pour rassembler mes idées, qui peuvent avoir une légère tendance à s'éparpiller… Hugo Jalabert. C'est sur lui que je dois me concentrer.

Je ne l'ai pas connu et j'aimerais en apprendre davantage à son sujet. Interroger ses proches, c'est bien, mais fouiller sa maison, ce serait encore mieux !

Tout à l'heure, avant de partir enquêter, j'ai demandé à ma tante si elle n'avait pas un double des clés de la victime, puisque le logement lui appartient. Elle était alors en train de noyer son stress dans une tasse de café grosse comme la cafetière. Pas sûr que ça soigne ses insomnies…

— Normalement on donne tous les trousseaux au locataire, m'a-t-elle répondu, mais comme il ne connaissait personne à son arrivée sur l'île, Hugo m'avait demandé d'en garder un, et il ne l'a jamais réclamé ensuite.

C'était parfait ! Il m'a fallu quelques minutes pour convaincre Laura de me laisser prendre ces clés, car elle redoutait d'aggraver sa situation si la police apprenait que je m'étais rendu chez la victime. Sur la promesse d'être rapide et discret, j'ai attrapé le trousseau dans le tiroir et j'ai disparu avant qu'elle ne change d'avis.

Ars-en-Ré est un véritable labyrinthe que j'adore sillonner à vélo. Ses maisons blanches aux volets verts resplendissent au soleil et amplifient la lumière dans ses rues. Je me faufile dans les venelles, des passages pavés étroits qui regorgent de hautes roses trémières sur les côtés, comme si la nature défiait la pierre.

L'adresse d'Hugo Jalabert m'est d'autant plus familière qu'un de mes amis de vacances habite à côté. Je l'aperçois justement dès que j'entre dans la ruelle. Il s'apprête à partir à vélo et s'arrête à ma hauteur.

—Hé, Romain ! Tu débarques dans une drôle d'ambiance, mon pauvre. T'es au courant pour mon voisin ?

—Salut, Gaël ! Oui, c'était le locataire de ma tante… Tu le connaissais bien ?

—Pas trop, il était assez discret. Sauf la nuit ! Alors là, pour la discrétion, on repassera ! Je ne sais pas ce qu'il fabriquait, mais il rentrait très souvent à deux heures du matin, et ça faisait aboyer mon chien. Ça me réveillait à chaque fois ! Enfin, triste histoire quand même…

J'approuve et je mémorise l'information. Chaque détail pourra m'être utile pour comprendre ce qui s'est passé.

—Qu'est-ce que tu fais par ici, sinon ? me demande-t-il.

—Deux, trois choses à récupérer pour ma tante… improvisé-je en me mordant aussitôt la lèvre.

Gaël me regarde en plissant les yeux. Comme tout le monde à Ars-en-Ré, il doit savoir que Laura est suspectée d'homicide et il a l'air de lire en moi comme dans un livre ouvert.

—Bon, sois rapide, alors. La police a déjà fouillé la maison, mais un agent continue de faire des rondes régulières ici, même si ce n'est pas là que le crime a eu lieu. Au cas où le meurtrier s'intéresse à quelque chose qu'Hugo Jalabert possédait et n'avait pas sur lui ! L'agent est parti chercher son déjeuner, il va bientôt revenir.

— Je n'en ai pas pour longtemps, mais…

Gaël me fait signe qu'il a compris. Il regarde sa montre, puis lance :

— À mon avis, tu n'as pas plus de dix minutes devant toi. Fonce ! Je me poste au bout de la rue et je sifflerai fort dès que je verrai l'agent revenir. Il pensera que j'appelle mon chien, et ça te laissera juste le temps de sortir.

— Merci, Gaël, t'es un sacré ami !

Je cale mon vélo contre le mur et, sans plus traîner, je pénètre furtivement chez Hugo Jalabert.

Maintenant, pas une minute à perdre ! Je fouille méticuleusement chaque recoin du salon.

Le premier tiroir que j'ouvre contient des jumelles haut de gamme, le deuxième est rempli de papiers. Je n'y connais pas grand-chose, mais ça ressemble à des relances de factures impayées. Hugo avait effectivement des problèmes d'argent. Je tombe même sur un relevé bancaire qui annonce un gros découvert ! Je me demande ce qu'il était venu faire sur l'île de Ré alors qu'il croulait sous les difficultés financières. C'est tout petit, ici, et pas évident de trouver un travail !

Le reste de ce meuble ne m'apprend rien, alors je me concentre désormais sur une étagère prometteuse : Hugo Jalabert y a posé son agenda contre des livres. Il me révélera peut-être de précieuses informations ! Je tourne les pages avec empressement à la recherche de rendez-vous ou de notes. Le carnet est malheureusement assez vide. J'y déniche les prénoms d'Élodie et d'André avec leurs numéros de téléphone, une carte d'accès illimité au phare des Baleines glissée dans le rabat de la couverture et un papier plié en quatre qui me fait grincer des dents dès que je l'ouvre. C'est le dessin d'une figure géométrique…

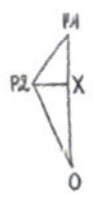

p. 80

Je n'apprécie pas du tout que les maths me poursuivent pendant les vacances d'été ! Hop, hop, hop ! l'agenda retrouve sa place sur l'étagère. Les titres des livres à côté m'interpellent : *Histoire de l'île de Ré*, *Engloutis par l'Atlantique* et *Le Naufrage du paquebot Afrique*. Je les feuillette rapidement et quelques passages retiennent mon attention.

« Entre 1766 et 1917, on dénombre plus de trois cent quatre-vingt-dix naufrages près de l'île de Ré. » Le chiffre me paraît énorme ! Cela fait une moyenne de trois par an pendant cette période, d'après la suite du bouquin.

« Il fallait construire un grand phare sur la pointe des Baleines, car trop de navires s'y échouaient malgré la tour existante. Les travaux commencèrent en 1849 », lis-je ailleurs. Il était temps qu'ils se réveillent ! Cela dit, ça n'a pas empêché un énième drame dont parle un autre ouvrage…

p. 81

Je range les livres pensivement avant de poursuivre ma fouille.

Dès mon arrivée dans la chambre, je suis impressionné par la combinaison de plongée qui y trône, pendue à la fenêtre. On est loin de l'équipement de base des petits stages qui sont proposés sur l'île ! La combinaison est d'une excellente qualité : sa matière est super-solide et il y a même des poches assez grandes sur les côtés. Elle doit coûter une fortune et permettre de plonger très profond.

Je jette un œil à l'ensemble de la pièce… D'autres détails sont-ils à noter ?

Dans un tiroir, je découvre une pochette de compagnie aérienne.

p.84

Voilà beaucoup de choses à méditer. Je me dirige vers l'arrière de la maison, dans le jardin, pour observer l'intérieur du cabanon : pas de pelle de jardinage ici non plus. Soudain, j'entends le sifflement de Gaël. Je dois filer !

De toute façon, je crois avoir récolté le nécessaire. Mon passage entre ces murs n'aura pas été inutile : il me reste beaucoup à comprendre, mais j'ai la sensation d'avoir fait des découvertes importantes.

Au moment de sortir, un dernier détail me frappe. Quatre verrous ont été ajoutés sur la porte d'entrée ! Ils fonctionnent sans clé et permettent simplement de fermer depuis l'intérieur. De quoi ou de qui Hugo Jalabert avait-il peur pour vouloir se barricader à ce point ? Je repense aussi à ce que Gaël m'a raconté un peu plus tôt. Est-ce qu'Hugo rentrait tard dans la nuit parce qu'il craignait d'être chez lui ? La liste de mes questions ne fait que s'allonger… Ai-je manqué des indices, des réponses ?

Mais je suis déjà dehors, où j'enfourche mon vélo pour rejoindre Gaël au bout de la venelle. L'agent de police passe près de nous sans nous prêter attention.

Le port et sa capitainerie

Mon vélo file dans les rues d'Ars-en-Ré en direction du port. Je suis accueilli par des mouettes qui se disputent je ne sais quelle créature de la mer, un petit poisson ou une crevette sans doute. Ça sent l'iode à plein nez, ici ! J'emprunte le quai de la Pré qui longe les bassins où sont amarrés des bateaux de plaisance. À cause de la forme de l'île, Ars-en-Ré ne donne pas sur l'océan, mais sur une baie nommée le « Fier d'Ars », peu profonde à marée basse. Les bateaux entrent et sortent grâce à un chenal pour ne pas risquer de toucher le fond. Depuis que je suis gamin, je suis fasciné par tout ce qu'il faut savoir pour devenir marin ! Ça me paraît héroïque d'avancer contre le vent, surveiller des instruments, hisser des voiles et se repérer dans l'immensité de la mer. Les étés précédents, je suis souvent venu traîner près de la capitainerie pour grappiller des connaissances et surtout, j'avoue, pour m'incruster dans des tours en bateau dès que j'en avais l'occasion !

La capitainerie est dirigée par Blanche, qui est toujours sympa avec moi. Certains la trouvent un peu trop franche, et c'est vrai qu'elle n'hésite jamais à dire ce qu'elle pense, mais à mon avis, ça lui évite de garder des choses sur le cœur et de finir aigrie comme bien d'autres. Moi, je l'aime bien !

— Kii-aahr ! Kii aahr ! fait un goéland pendant que je gare mon vélo en contemplant le port.

Tous ces bateaux amarrés, avec leurs mâts sans voiles… On dirait une forêt en hiver ! Une petite table et des chaises ont été sorties devant la capitainerie. Blanche et des plaisanciers y sont installés, discutant autour d'une limonade bien fraîche. Un peu plus loin, j'aperçois un grand adolescent en jean qui déplace des caisses de matériel. Son visage me dit quelque chose, et je finis par reconnaître Jules, le fils d'Élodie. On s'est peu croisés, car il a trois ans de plus que moi et n'accompagne jamais sa mère quand elle vient boire le thé chez ma tante. Et puis, il vit chez l'un et l'autre de ses parents une semaine sur deux. Il a dû obtenir un petit job au port pour se faire un peu d'argent pendant les vacances. Je m'approche de lui malgré son air renfrogné.

— Salut, Jules ! Tu bosses ici pour l'été ?

— Hmph, approuve-t-il d'un grognement peu avenant.

— Je suis désolé pour ta mère, ma tante m'a dit qu'elle était très amie avec Hugo Jalabert… C'est fou, l'île est si tranquille d'habitude…

— Amie ? s'énerve Jules. Ce gars n'était certainement pas son ami, c'était un sale pourri manipulateur !

Il a crié si fort que Blanche et les plaisanciers s'arrêtent de parler un instant pour regarder dans notre direction. J'ouvre la bouche, hésitant à demander des précisions par crainte de me faire incendier, mais il me coupe :

— Ne me parle plus de cette ordure, c'est clair ?

Très clair, même. Et ce qui est limpide aussi, c'est que Jules n'est pas particulièrement attristé par le décès d'Hugo Jalabert ! Est-ce qu'il pouvait le haïr au point de… ? Je n'ose pas le formuler, mais si des indices se dessinent dans ce sens, il faudra aller au bout de cette question. Jules saisit une lourde caisse et l'emporte dans la capitainerie en grommelant. Je sens que ça va être compliqué de réengager la conversation… D'ailleurs, au bout de plusieurs minutes, il n'est toujours pas ressorti. Tant pis ! Les plaisanciers s'en vont et je suis bientôt seul sur le quai avec Blanche et les mouettes. L'occasion est parfaite pour l'interroger, d'autant qu'elle vient à ma rencontre.

— Alors, mon petit Romain, de retour sur Ré la blanche ? Tu arrives dans une période sinistre, mon pauvre.

— Oui, surtout que si j'ai bien compris, la victime était sinistre, elle aussi…

J'indique l'intérieur de la capitainerie du menton.

— Tu veux parler des remarques de Jules ? J'ai entendu ce qu'il te disait, mais il exagère ! Depuis la séparation de ses parents, il y a deux ans, il ne supporte pas qu'un homme s'intéresse à sa mère. Tu connais Hervé, le gérant du camping, qui est veuf depuis longtemps ?

Elle a ajouté cette question à voix basse, sur le ton de la confidence. Je fais signe que oui.

— Il a invité Élodie au restaurant l'an dernier et a surpris Jules en train de lui crever un pneu le lendemain.

Décidément, l'île est beaucoup moins paisible que dans mes souvenirs !

— Ils se sont revus, après ça ?

— Non, je crois que cela s'est arrêté là…

— Et Hugo Jalabert sortait avec Élodie, alors ?

— Difficile à dire, répond Blanche. Depuis cette histoire avec Hervé, Jules voit un psychologue qui doit l'aider à mieux accepter la séparation de ses parents, mais Élodie préfère cacher ses relations pour éviter les problèmes. Je peux juste te dire qu'Hugo et elle étaient proches. C'est pour ça que Jules le détestait. Ceci dit, je n'appréciais pas vraiment Hugo non plus…

Un goéland se pose à côté de nous et lance un long « kii aarh ! » sonore, comme s'il voulait se mêler de la conversation. Pas besoin de prendre des détours avec Blanche, je demande donc directement :

— Pourquoi ça ?

— Question de personnalité ! Le gugusse venait plusieurs fois par semaine au port, avec André, pour se rendre au large faire de la plongée. Presque tous les jours, ces derniers temps ! Tu me connais, j'aime créer des liens avec les gens et je propose souvent aux plaisanciers de boire un coup ensemble au retour des bateaux. Hugo a fait quelques efforts de sociabilité au début, mais par la suite, il était toujours trop pressé pour se poser avec nous, même cinq minutes. On n'était peut-être pas assez bien pour lui. M. Je-Plonge-à-Quarante-Mètres-de-Profondeur se prenait pour quelqu'un d'important ! Et quand on lui demandait ce qu'il avait vu au fond, il changeait de sujet. Muet comme une carpe et fermé comme une huître. Sans oublier que chaque fois qu'un plongeur du coin lui proposait une sortie à deux, il l'envoyait promener ! André aussi commençait à le trouver désagréable. Au fond, Hugo était peut-être juste un solitaire ou un timide, mais il avait aussi ce comportement bizarre…

Blanche s'arrête. Je devine qu'elle se demande si elle ne m'en dit pas trop. Faut-il se montrer intéressé ou désintéressé, dans ce genre de cas, pour obtenir la suite ? Je tente l'innocence.

— Ah bon ? Tu avais remarqué quelque chose de particulier ?

Ma jeunesse aide sans doute à la convaincre. Après tout, elle n'est pas en train de faire une déclaration officielle à la police. Je ne suis qu'un ado, et ce qu'elle me dira n'aura pas de conséquences. L'hésitation disparaît de son regard.

— Il cachait quelque chose, ça le rendait parano, me confie-t-elle. Récemment, il était toujours à surveiller ses arrières, jamais serein… Totalement flippé et suspicieux envers tout le monde ! Je ne serais pas étonnée qu'il ait fait une découverte en plongeant et qu'il n'ait pas voulu la partager. Avec tous les naufrages qu'il y a eu près de l'île, ce n'est pas impossible.

Elle a un petit sourire en coin, qui s'éteint pour une mine sombre et sérieuse quand elle ajoute :

— Si ça se trouve, c'est ce qui lui a coûté la vie.

Je me le demande, moi aussi, et je donnerais cher pour en savoir plus sur ce qui s'est réellement passé.

— Une découverte dans quel genre, à ton avis ?

— Hmm, je n'en sais rien, esquive Blanche.

— Tu en as parlé à la police ?

— Mais non, voyons, je disais juste ça comme ça ! s'emporte-t-elle.

Je suis certain qu'au contraire, elle a une idée en tête. C'est toutefois l'abrupte fin des confidences. Pourtant, ce genre de détail aiderait peut-être à innocenter ma tante ! J'aimerais insister, mais Blanche m'indique qu'elle doit retourner travailler et entre dans la capitainerie à son tour. Cette fois, il n'y a plus que les mouettes, les goélands et moi.

Hop, hop, hop ! Je ne me laisse pas abattre. En quelques pas, je me retrouve sur un ponton devant le bateau d'André : un petit voilier blanc dont la coque bleue est ornée d'une rayure blanche.

J'aime bien la couleur bois clair de son pont et sa cabine discrète à l'arrière. Ça met en valeur son haut mât hérissé de cordages. Je rêve depuis toujours d'avoir un bateau de ce genre et de traverser l'océan ! Petit, j'avais même un drapeau pirate punaisé au mur de ma chambre.

Là, j'aperçois deux fanions pliés en bas du mât, un rouge et un vert. Ne voulant négliger aucun détail, j'avance jusqu'au bout du ponton pour scruter l'entrée de la cabine. Même sur la pointe des pieds, je ne vois pas grand-chose. Est-ce que je devrais tenter de monter sur le navire et de pénétrer à l'intérieur en douce ?

p. 82

Mon hésitation a duré trop longtemps : alors que je m'apprête à monter sur le navire, je remarque soudain Jules et Blanche qui m'observent depuis le quai. Mes joues prennent un coup de chaud ; je n'ai pas besoin de miroir pour savoir qu'elles sont devenues écarlates ! Mieux vaut éviter de me faire une réputation de fouineur. Je rejoins mon vélo comme si de rien n'était et je file avec un petit signe d'au revoir nerveux.

Les marais salants

Je roule à toute allure dans ma partie préférée de l'île. L'eau et la nature sont reines, ici. Les routes ne sont que de fines lignes qui suivent le quadrillage des marais et dessinent les contours de rectangles où le sel se cultive et le ciel se reflète. Des oiseaux par centaines barbotent, s'envolent, observent l'intrus que je suis à leurs yeux. Les herbes hautes frémissent dans le vent. C'est une ambiance unique, un mélange impossible de cocon duveteux et d'immensité étincelante. Je me sens bouleversé, sans savoir pourquoi. Il y a des sensations qui ne s'expliquent pas… Les crimes, en revanche, peuvent et doivent s'expliquer.

J'arrive justement en vue de la cabane d'André et j'espère bien récolter des informations sur la victime. Une fois mon vélo garé, je poursuis à pied sur un minuscule chemin qui longe un bassin. La première fois que ma tante m'a amené ici, pour me montrer les marais salants et leur fonctionnement, j'avais huit ans ! Autant dire que je connais André depuis une éternité et que je suis devenu spécialiste en saliculture. Les trois types de bassins, les outils du saunier (la personne qui cultive et produit le sel), les techniques de récolte… Rien de tout cela n'a de secret pour moi.

J'aperçois André au beau milieu du damier de ses bassins, en compagnie d'un jeune homme que je n'ai jamais vu. Ils manient tous deux le simoussi, un instrument au très long manche, pour tirer le gros sel vers la berge.

p. 85

J'avance dans leur direction, et à dix mètres d'eux, j'entends déjà la voix d'André, qui est le plus grand bavard que je connaisse. C'est simple, il n'arrête jamais de parler !

— Alors, Lucas, ça te suffit, les magazines sur la région que tu m'as demandés ? Je peux t'en donner d'autres, si tu veux !

— Non merci, patron. J'en ai suffisamment, c'est gentil.

— C'est bien de t'intéresser au coin, mais faut pas oublier de vivre sa jeunesse, mon gars ! Tu vas aux soirées du camping ? Puisque tu ne connais personne ici, c'est un bon moyen de rencontrer des gens de ton âge. C'est que je t'emploie encore jusqu'à début septembre, je ne voudrais pas que tu t'ennuies !

— Oui, oui, j'étais aux fêtes tous les soirs de cette semaine, c'est très sympa, ces animations.

André n'a pas vraiment l'air d'écouter sa réponse et enchaîne :

— Oh ! mais je ne t'ai pas raconté le fin mot de l'histoire de Bernadette, la boulangère qui avait perdu son chat depuis trois jours ! Je l'ai croisée ce matin et devine quoi ?! Le matou s'était fait enfermer dans le local à poubelles de la poissonnerie. Il paraît que son ventre a doublé de volume tellement il a mangé !

Inarrêtable, cet André. Son employé a dû prendre l'habitude de le laisser parler, car il poursuit son travail en hochant simplement la tête de temps en temps pour approuver. L'été est une saison où les sauniers travaillent plus que le reste de l'année, autant pour récolter le sel et sa fleur que pour les vendre aux touristes. André embauche donc quelqu'un de fin juin à début septembre pour lui prêter main-forte. Souvent un étudiant venu dans le coin pour la période.

Je rejoins les deux hommes au bord des bassins pour les saluer.

—Mais c'est Romain! m'accueille André. Je te présente Lucas, qui est là pour la saison. Comment va ta pauvre tante au milieu de tous ces événements? Quand je pense que certains la soupçonnent!

—Elle est secouée.

Comme je m'en doutais, ce ne sera pas dur d'amener André à me parler du crime et de la victime. J'attends toutefois le bon moment pour en demander davantage. Là, il indique à Lucas de poser son simoussi et lui tend un souvron à la place. J'ai aidé à récolter le sel, une fois, l'été dernier, et j'ai utilisé cet outil, formé d'une planche trouée et courbée au bout d'un manche, avec toute la dextérité dont j'étais capable. Il permet

de ramener le sel sur la berge. J'étais fier comme un paon de mon petit tas blanchâtre.

C'est l'or blanc de l'île de Ré, après tout ! Ces souvenirs me plongent dans une étrange nostalgie : mes vacances de l'an passé étaient beaucoup plus simples et sereines que celles-ci. André rompt le silence dès que la concentration n'est plus de mise :

— Allons à la boutique, les jeunes. On cuit, au soleil !

Un peu plus loin, une grande bâtisse en bois aux airs de cabane sert de magasin et d'entrepôt. Lucas se passe un peu d'eau sur le visage tandis que son patron lui conseille de se mettre en short pour avoir moins chaud, la prochaine fois. André critique aussi mes baskets et mes chaussettes, qu'il préconise de remplacer par des sandales ouvertes. Je l'interromps avant la recommandation suivante et je relance le sujet qui m'intéresse :

— Je n'en reviens pas qu'il y ait eu un meurtre sur l'île. Laura m'a dit que tu étais très ami avec la victime. Mes condoléances.

Le saunier hésite une seconde.

— J'ai passé beaucoup de temps avec Hugo, concède-t-il. Je pensais qu'une amitié naîtrait entre nous, même s'il était plus jeune que moi d'une bonne quinzaine d'années. Ça ne me gêne pas ! Mais il était assez spécial, et un tas de trucs me chiffonnaient...

— C'est ma tante qui te l'avait présenté ?

— Oui ! Il était passionné par l'océan, comme moi, et il cherchait quelqu'un pour l'emmener plonger en mer. Laura savait que je manquais de prétextes pour sortir mon bateau, alors elle lui a conseillé de venir toquer à ma porte. Ça ne pouvait pas mieux coller ! On a pris l'habitude de partir voguer au large du phare des Baleines, vers le plateau de Rochebonne. Hugo plongeait longuement et on rentrait souvent assez tard. Ces derniers temps, on y allait dès que la météo le permettait, presque tous les après-midi, grâce à Lucas qui gardait la boutique. C'est une veine d'avoir un employé si débrouillard !

— Je fais juste mon travail, répond modestement l'intéressé.

— N'empêche que je peux te faire confiance ! clame André. C'est important, la confiance. Hugo ne l'avait pas compris, ça rendait toutes ses relations bizarres.

Je ne comprends pas ce qu'il veut dire, mais je sens que ça va être intéressant, alors je demande :

— Comment ça ?

— Eh bien, tu vois, on prétend que je parle trop, mais Hugo Jalabert, lui, il ne parlait pas assez ! Il ne partageait rien avec moi malgré les heures passées ensemble sur mon voilier. Il ne voulait pas me décrire ses moments de plongée, pas parler de sa petite amie cachée, pas raconter sa vie d'avant… On évoquait juste la pluie et le beau temps, et encore ! Je le sentais méfiant à propos de tout, il ne faisait confiance à personne.

— Pour les rares fois où je l'ai croisé, je confirme que c'était un drôle de bonhomme, approuve Lucas. Avec sa manie bizarre des drapeaux, que vous m'avez racontée, André !

Mon regard interrogateur obtient illico le récit de l'anecdote.

— Hugo avait accroché deux fanions au mât de mon voilier, un rouge et un vert, développe André. Quand on approchait du phare des Baleines, sur le chemin du retour, il en hissait un des deux en prétendant que c'était pour saluer son amie Élodie, qui travaille là-bas. On a navigué ensemble cinq mois et il n'a jamais voulu me confier qu'ils sortaient ensemble, alors que tout le monde l'avait deviné depuis des semaines. Je sais qu'Élodie veut rester discrète à cause de son fils qui a mal vécu la séparation de ses parents, mais si nous avions été amis, Hugo m'aurait mis dans la confidence ! Et plus farfelu encore, il changeait de sujet dès que je le questionnais sur le sens des couleurs. Faire un mystère pareil autour d'un drapeau rouge ou vert, franchement… Tous ces secrets ont commencé à m'agacer. Et puis, bonjour le caractère ! Hugo disait qu'il avait trouvé le lieu idéal pour plonger, mais il refusait de m'expliquer en quoi il était si parfait. Il ne prenait pas du tout en compte mon envie de naviguer ailleurs de temps en temps, pour varier les sorties !

Un portrait d'Hugo Jalabert commence à se dessiner dans ma tête. Chaque fois que je récupère de nouvelles informations, ce sont comme des pièces de puzzle qui s'ajoutent. Je suggère :

— Il avait dit à ma tante qu'il quitterait l'île très bientôt. C'est peut-être pour ça qu'il ne voulait pas s'investir dans une amitié et qu'il évitait de parler de sa relation avec Élodie. Peut-être comptait-il rompre prochainement ?

— Non, conteste André, il se fichait juste de devenir ami avec moi. Il me prenait pour un idiot et pour un aveugle ! C'est seulement mon bateau qui l'intéressait.

Il hausse les épaules pour signifier qu'il n'est pas en manque d'amis et ne fait pas grand cas de tout cela.

— Je me pose toutefois des questions sur la cause de son assassinat… reprend-il. Ceci dit, ça ne m'étonne pas qu'il ait voulu partir d'ici. Je lui avais fait remarquer que je le trouvais très nerveux ces derniers temps, et pour une fois, il s'était un peu livré. Hugo était persuadé que quelqu'un rôdait autour de sa maison et il se sentait suivi. Peut-être qu'il cachait quelque chose… Quoi qu'il en soit, il devait s'estimer suffisamment en danger pour vouloir foutre le camp d'ici.

— Et il n'en a pas eu le temps, complété-je.

— Peut-être que quelqu'un était jaloux de sa relation avec Élodie et l'a menacé ? propose Lucas. Hugo aurait alors décidé de quitter l'île, trop effrayé, mais il n'aurait pas été assez rapide. Un crime dirigé par la jalousie…

— Ça s'est déjà vu, confirme André.

Je m'étonne :

— Élodie avait une autre histoire d'amour ?

— Je ne sais pas, je la connais à peine ! répond Lucas.

André précise toutefois :

— Elle est proche d'Hervé, le gérant du camping des Chaumes, où loge Lucas, mais ils ne sont pas vraiment sortis ensemble. Et puis Hervé ne ferait pas de mal à une mouche, je le connais très bien ! C'est un de mes meilleurs amis.

— Dans ce genre d'affaires, il faut oublier ce qu'on croit savoir sur les gens ! protesté-je.

— C'est vrai, admet André à contrecœur. Le mieux, mon petit Romain, c'est de laisser la police enquêter.

Je ne vois pas les choses de cette manière. Tant que ma tante Laura sera soupçonnée, je mettrai mon grain de sel dans la résolution de ce crime !

La discussion bifurque et ne m'apprend rien de plus, en dehors d'une recette de cuisine pour cuire le poisson en croûte de sel qui ne m'aidera définitivement pas à éclaircir l'affaire. Je prétexte avoir des amis qui m'attendent pour saluer les deux hommes, et je quitte les marais salants.

Le phare des Baleines

Le phare se voit de loin. Je ne le lâche pas des yeux tandis que je pédale dans la longue ligne droite menant à la pointe des Baleines. Quel meilleur repère qu'un géant de presque soixante mètres de hauteur ? OK, la tour Eiffel ne s'en sortirait pas mal, elle non plus. Elle n'a toutefois pas l'océan en toile de fond !

J'attache mon vélo au bout du grand parking du site et je termine le trajet à pied. Une grille ouverte me permet d'accéder au petit parc qui entoure le phare des Baleines. Des pelouses triangulaires sont bordées de buissons parfaitement taillés, créant une ambiance « jardin de château », et sont séparées par des allées de gravillons clairs. La tour se dresse devant moi dans toute sa splendeur blanche. J'ai beau grandir d'année en année, elle ne devient pas moins imposante ! Plus je m'approche, moins je vois sa tête rouge dont le diamètre est plus petit que l'ensemble de la tour. Il s'agit de la salle qui abrite le système d'éclairage, et il me faudra gravir les deux cent cinquante-sept marches qui mènent au sommet de l'édifice pour l'atteindre. C'est au programme ! Je compte prendre un ticket pour justifier mon passage à la billetterie où j'espère croiser Élodie. La façon dont j'aborderai le sujet du meurtre n'est malheureusement pas très claire dans mon esprit. J'y réfléchis encore quand j'entre et découvre l'amie de ma tante derrière le guichet, qui discute avec une femme d'une quarantaine d'années.

— Tu n'aurais pas dû venir travailler, après ce qui s'est passé… dit sa collègue à Élodie. Tu as besoin de repos pour t'en remettre.

L'amie de ma tante est presque méconnaissable tant la tristesse et l'inquiétude marquent son visage. Ses yeux sont rouges d'avoir beaucoup pleuré.

— Ça ne changerait rien et je préfère être ici, répond-elle.

Poussée par un réflexe, elle lance un regard appuyé à son sac à main posé sur un meuble près d'elle. Son trouble ne fait aucun doute.

— Tu veux dormir chez moi ce soir, pour ne pas rester toute seule ?

— Non, c'est gentil, Nancy, mais je ne pourrai pas.

Élodie profite de ma présence pour couper court à la conversation en me faisant signe d'avancer. Sa collègue n'ose pas insister. Pas facile de savoir comment aider quelqu'un qui se sent visiblement très mal… Nancy annonce qu'elle monte au sommet du phare pour vérifier que tout se passe bien. Timing parfait pour moi ! Il n'y a pas d'autres visiteurs pour l'instant et cela me permet d'être seul avec Élodie. Je décide de jouer la carte « pieds dans le plat », peu délicate, mais souvent efficace.

— Un ticket, s'il te plaît. Et je voulais te dire… je suis vraiment désolé pour ce qui est arrivé à ton petit ami.

Élodie se raidit. Des larmes lui montent instantanément aux yeux, elle les contient tant bien que mal. Bravo, Romain, champion des brutes épaisses.

— Ami, pas petit ami, dément-elle d'une voix fragile. Mon fils Jules n'est pas prêt à ce que j'aie une nouvelle relation. Avec Hugo, on partageait simplement la même passion pour l'histoire, ça nous avait rapprochés.

Je me souviens de ce que ma tante Laura m'a dit à propos d'Élodie : elle a suivi des études d'histoire et d'archéologie pendant quelques années, puis elle a cherché du travail et a trouvé un poste au phare des Baleines. Elle y propose des visites guidées en plus de gérer les entrées. Pendant les périodes de vacances scolaires, elle organise aussi des promenades sur l'île avec des groupes de touristes pour leur raconter le passé de celle qu'on surnomme « Ré la blanche » à cause de la couleur des maisons.

D'habitude, Élodie est pleine d'énergie, toujours souriante. Ça fait drôle de la voir bouleversée comme ça. Et effrayée. Je m'en sors généralement assez bien pour lire les émotions des gens, et je peux garantir que la tension d'Élodie ne vient pas seulement de sa tristesse mais aussi d'une peur. Elle me tend mon ticket en se pinçant les lèvres.

D'où je suis maintenant, j'ai une excellente vue sur l'autre côté du guichet, et sur son sac à main qu'elle a regardé avec tant d'intensité tout à l'heure. Une enveloppe blanche en dépasse…

— Bonne visite, déclare Élodie pour clore notre conversation.

Comment la relancer ? Impossible de le faire sans jouer les lourdingues grossiers, et pas sûr qu'elle me réponde davantage. Résigné, je me détourne pour prendre la direction des deux cent cinquante-sept marches. La porte qui donne sur l'extérieur est ouverte et j'aperçois une famille qui approche, avec deux garçons qui se chamaillent. Le premier pousse le second, qui proteste par un cri déchirant auquel son frère répond en hurlant plus fort. Ça braille, ça pleure, et moi, je saute sur l'occasion pour improviser une entourloupe à mon avantage.

— Oh non ! un petit est mal tombé ! Ça a l'air sérieux, il faut peut-être appeler les secours ?

Élodie saisit son téléphone portable et sort en trombe dans le parc. Je ne dispose que de quelques secondes pour agir ! En trois enjambées, je suis devant l'enveloppe et j'en extirpe le contenu. Banco ! Mon intuition ne m'a pas trompé : c'est bien cela qu'Élodie regardait craintivement un peu plus tôt.

p. 86

Je remets la lettre en place en une fraction de seconde, juste à temps pour m'éloigner du guichet avant qu'Élodie ne pénètre dans la pièce, suivie par la famille de touristes.

— Tout va bien, Romain, tu t'es fait un film.

Son ton est si las qu'on y perçoit à peine le reproche et l'agacement. Un « hop, hop, hop, disparition ! » s'impose tout de même pour éviter les questions. Je gagne l'escalier du phare et gravis lestement ses paliers. Lestement, au début, du moins. Je ne suis pas loin de ramper dans les derniers étages et je halète comme si mes poumons étaient restés au rez-de-chaussée.

— Il ne fallait pas courir ! s'amuse Nancy en me voyant débarquer sur la plate-forme extérieure où un groupe de touristes est en train de commenter le paysage.

Je suis probablement aussi rouge que la tête du phare qui se dresse devant moi. Faute de souffle pour aligner trois mots, je réponds d'un pouce levé qui vaut un éclat de rire à la collègue d'Élodie. Elle me propose de me prêter ses jumelles et j'articule un « merci ». Un seul mot, ça passe !

On peut faire le tour de la tête du phare, et j'aime toujours autant la vue panoramique que ce belvédère offre sur l'île. Immensité, horizon et couleurs de tous côtés. Je m'extasie sur l'océan dont les vaguelettes scintillent dans la lumière et sur le phare des Baleineaux qui a été construit au beau milieu des flots. La marée descendante met en valeur l'écluse à poissons de la Moufette, ce grand mur de pierre qui piège les innombrables fruits de la mer dans son parc en forme de fer à cheval. Plus à l'est, j'observe la plage de la Conche des Baleines réputée pour sa longueur. Je règle la netteté des jumelles sur la pyramide des Chaumes, un obélisque qui se dresse au niveau d'un des accès à la plage, puis je parcours la vaste zone de sable fin et découvre rapidement le lieu du crime, marqué par un rectangle de Rubalise. Il n'y a plus que du sable nu, mais c'est terrible de penser à ce qui s'est produit là-bas. D'ailleurs, les vacanciers et les promeneurs évitent l'endroit. Ce côté désertique rend la zone encore plus macabre. Je l'examine attentivement : du sable, du sable, encore du sable, à l'exception de deux monticules de pierres, dont un plus gros sur lequel un goéland s'est posé.

p.87

Je finis mon tour d'horizon par le camping des Chaumes, majoritairement caché par les arbres. Retour au paysage entier : c'est agréable de l'embrasser pleinement après en avoir scruté chaque détail. Le groupe de touristes qui était là à mon arrivée entame sa descente.

— Élodie a l'air très triste, dis-je à Nancy en lui rendant les jumelles.

Elle soupire, visiblement peinée pour sa collègue.

—Elle veut absolument le cacher, mais elle était en couple avec Hugo, me confie-t-elle. C'est pour ça qu'elle est encore plus sous le choc que nous tous ! Ils étaient si mignons avec toutes leurs petites attentions l'un pour l'autre…

—Ah oui ? Ils étaient très amoureux ?

—Je crois bien ! Quand Hugo revenait du large en bateau, il hissait toujours un drapeau pour envoyer un coucou à Élodie qui surveillait l'heure pour ne pas rater cela. Je trouve ça si romantique ! Hugo venait ensuite ici, et tous deux pique-niquaient le soir sur la plage de la Conche des Baleines. Ça leur évitait probablement de croiser Jules, car il ne supporte pas l'idée que sa mère se remette avec quelqu'un.

Je ne dis rien, tâchant d'enregistrer toutes les informations que Nancy me livre. Elle reprend :

—En tout cas, cette plage n'a pas porté chance à Hugo puisqu'il a été tué là-bas. Le plus ironique, c'est qu'il montait ici chaque fois pour observer le paysage aux jumelles et qu'il regardait toujours dans cette direction. Il ignorait qu'il scrutait son funeste avenir.

Nancy frissonne et rougit un peu, soudain gênée d'avoir peut-être trop parlé. Elle redescend au guichet, m'abandonnant à mes pensées. Pour m'être souvent incrusté dans des excursions d'une journée en bateau, je sais que le réseau téléphonique classique est très aléatoire, voire inexistant, en mer. Si l'on veut faire passer un message à quelqu'un resté sur l'île, des drapeaux visibles de loin peuvent s'avérer très pratiques. Ceux d'Hugo signifiaient-ils simplement «bonjour»? Ses sorties en mer auraient-elles un lien avec son assassinat? J'accumule les questions, mais pas franchement les réponses! Sans parler de la lettre anonyme qui menace Élodie. Son auteur rôde dans les parages. Qui est-il et que veut-il? Je ne le découvrirai pas au phare des Baleines. Je quitte donc son sommet en empruntant l'interminable escalier en spirale, si hypnotisant quand on le voit d'en haut.

En bas, je recroise la famille avec les deux garçons vers qui j'ai envoyé Élodie un peu plus tôt.

— Après le musée, le phare! lance joyeusement le père.

Je marmonne un « au revoir » général et fonce récupérer mon vélo.

La plage de la Conche des Baleines

Quel est le pire entre chercher une aiguille dans une botte de foin et essayer de trouver des indices sur une plage de sable fin? Je vais bientôt le savoir, car j'arrive près du lieu du crime que je compte inspecter minutieusement.

J'emprunte l'accès à la plage le plus proche du phare des Baleines, celui qui passe près de la pyramide des Chaumes. Cette sculpture en calcaire a une forme d'obélisque et mesure quatre mètres de hauteur pour être vue de loin. Sur l'île, tout est pensé pour servir de repères aux marins, comme la flèche noir et blanc du clocher d'Ars-en-Ré près de chez ma tante, par exemple. Bien sûr, rien ne rivalise avec le grand phare des Baleines qui se dresse à l'horizon sur ma gauche. Il est un peu le lien entre la terre et l'océan, enraciné sur la pointe des Baleines, mais tout enveloppé de ciel et de mer quand on regarde sa tour.

Ça y est, j'ai les pieds dans le sable. Un rectangle de Rubalise tenue par des piquets indique l'emplacement du crime à une dizaine de mètres. Cette plage est paisible et magnifique, et pourtant son histoire est marquée par des événements sinistres ! Pendant l'époque gallo-romaine, plus de trois cents baleines se sont échouées ici. Son nom « Conche des Baleines » proviendrait de là. Elle a également été marquée par la guerre, car des bunkers allemands y avaient été construits à l'époque. Et maintenant, un meurtre ! Il y a aussi la fois où je me suis fait une entorse en jouant au beach-volley, mais ce n'est pas comparable.

La tragédie (et je ne parle pas de ma cheville tordue, mais de l'assassinat d'Hugo Jalabert) a éloigné les touristes, qui se sont installés plus loin, derrière plusieurs digues transversales morcelant la plage. Cette partie est donc déserte, à l'exception d'une personne assise sur l'un des deux monticules de rochers qui émergent du sable. Je la reconnais quand elle se tourne vers moi.

— Capucine !

C'est la fille d'Hervé, le gérant du camping des Chaumes, et c'est surtout une amie que je retrouve avec joie chaque année. Elle vit seule avec son père depuis le décès de sa maman, quand elle était bébé. Ils sont très complices et se racontent tout! Je trouve ça fascinant, moi qui dis toujours le strict minimum à mes parents et ne les écoute généralement que d'une oreille.

—Romaiiin! Tu es enfin làààà!

Capucine manifeste toujours son enthousiasme par de longues voyelles.

—Purée, on s'ennuie à mourir, ici, poursuit-elle. Sans mauvais jeu de mots! Parce que le seul événement qui ait mis de l'action dans les vacances pour le moment, c'est le crime qui a eu lieu hier. Pas joyeux, n'est-ce pas?

—C'est clair… En plus, ma tante est soupçonnée, tu te rends compte?! J'essaye de comprendre ce qui s'est passé afin de l'innocenter.

—Pauvre Laura! Je suis certaine qu'elle n'y est pour rien. Pour tout te dire, je crois que je connais le mobile du crime… mais pas le coupable.

—Quoi?! Tu connais le mobile?

Je m'étrangle de stupéfaction. Capucine est très satisfaite de son petit effet et me toise d'un air supérieur tout en souriant de toutes ses dents. Je trépigne :

—Mais raconte, enfin!

Une piste des plus importantes me tend peut-être les bras. Que sait-elle et qu'a-t-elle vu? Il faut qu'elle me le dise!

— Je veux bien te raconter, concède-t-elle, mais tu dois me promettre de garder ça secret, pour le moment.

Je ne comprends pas pourquoi, puisqu'il faut résoudre le crime de toute urgence. J'accepte néanmoins : aucune occasion d'avancer n'est à négliger.

— Bon, voilà l'histoire, se lance-t-elle. Mon père souffre de problèmes de sommeil, il fait de grosses insomnies plusieurs fois par semaine. Plutôt que de tourner en rond dans son lit, il a pris l'habitude de se lever et d'aller se promener sur la plage de la Conche des Baleines, puisque c'est la plus proche du camping. Il dit que ça l'apaise, qu'il se sent comme le roi de l'océan, tout seul devant les vagues noires sous l'immense ciel étoilé… Ça le rend poète, c'est abominable !

Je compatis avec Hervé, sur ce coup : moi aussi, la mer m'envahit de pensées cucul et lyriques.

Capucine poursuit :

— Il m'a raconté qu'une nuit, il y a quelque temps, il a entendu du bruit en arrivant par le chemin de la pyramide des Chaumes. Il a aperçu un couple à la clarté de la lune et a fait demi-tour pour ne pas déranger, un peu contrarié de se faire piquer son « havre de paix nocturne », comme il dit. Les nuits suivantes, le couple était régulièrement là. Tu connais mon père, c'est un grand curieux… Il n'a pas résisté à l'envie d'observer les amoureux à travers les arbres du sentier côtier pour savoir de qui il s'agissait. Et tu devines qui c'était, bien sûr ?

J'ai une idée, en effet. Capucine répond néanmoins à sa propre question avant moi.

— Hugo Jalabert et Élodie, du phare des Baleines ! C'est venu confirmer les grosses, grosses, grosses rumeurs qui circulaient sur l'île depuis un bon moment. Papa aime beaucoup Élodie, alors ça l'a un peu chagriné…

— Et qu'est-ce qu'il a fait, ensuite ?

— Il ne voulait pas se mêler de leur vie privée, alors il a décidé de changer de lieu de promenade pour ses futures insomnies. Mais pendant qu'il s'éloignait, un bruit étrange a attiré son attention. Un bruit de pelle qui creuse dans le sable ! Papa est retourné voir pour essayer de comprendre ce qu'Élodie et Hugo trafiquaient. C'est là que tu vas découvrir le mobile du crime, Rom !

Des hypothèses défilent à toute vitesse dans ma tête. Je m'attends à tout.

— Voilà, tout le monde sait qu'Élodie est passionnée d'histoire ! triomphe Capucine. Quand elle amène des groupes de touristes sur cette plage en visite guidée, elle leur raconte que des centaines de baleines se sont échouées ici et à la pointe de l'île, à l'époque gallo-romaine. Mon père sait même qu'elle avait pris la spécialité « archéologie » pendant ses études, avant de les abandonner. Pour lui, c'est évident : Élodie a trouvé des os de baleines datant de l'Antiquité ! Elle a dû en parler à son petit ami, qui avait de gros problèmes d'argent. On savait tous qu'il ne payait plus son loyer à ta tante. Hugo l'a probablement convaincue de garder sa découverte secrète pour revendre les ossements au marché noir à des collectionneurs, et ainsi en tirer le meilleur prix ! Sauf que quelqu'un a voulu leur voler ce trésor et l'a tué !

Je digère la théorie de mon amie avec la sensation de manger une raclette en plein été. Cette idée de déterrer des squelettes de baleines pendant la nuit, est-ce que ce n'est pas un peu gros, dans tous les sens du terme ? Je demande :

— Tu as des preuves ?

— Mon père en a cherché. Il a profité d'une nuit où il n'y avait personne pour creuser à plusieurs endroits de la plage, dans l'espoir de tomber sur des vestiges archéologiques. L'histoire le passionne, lui aussi, tu sais ! En revanche, il était horrifié par l'idée de s'approprier de telles découvertes et de les revendre clandestinement. Il comptait dénoncer ce manège aux autorités, mais devait d'abord confirmer son hypothèse… Et je crois qu'il voulait parler à Élodie avant, pour la raisonner et éviter d'en arriver là. Sauf qu'il n'a rien trouvé ! Il dit que c'est incroyablement dur de fouiller une plage, que c'est trop vaste et qu'il n'y a pas de repères.

— C'est pourtant énorme, un squelette de baleine !

Capucine sent que j'ai des doutes et hausse les épaules.

— Il n'a pu chercher qu'une fois, et ça doit être enfoui profondément. On n'a pas de véritable preuve, mais je ne vois pas de meilleure explication.

Elle a peut-être raison. Il faut bien que quelque chose d'important se soit trouvé dans le sable de cette plage pour qu'Hugo y creuse, avec Élodie, puis s'y fasse assassiner. Mais pourquoi Élodie aurait-elle été épargnée ?

— Ton père a continué de les surveiller pour découvrir où les os étaient cachés ?

— Attends, j'y viens ! Oui, papa les a ensuite espionnés dans le but d'en apprendre plus. Il m'a raconté que la nuit précédant le meurtre, une grosse dispute avait éclaté entre eux. Élodie était furieuse et était partie en criant à Hugo qu'elle ne l'aiderait plus et que tout était fini. Lui s'était effondré en geignant qu'il avait besoin d'elle. Mon père a alors eu la plus grande frousse de sa vie : les arbustes ont bougé à quelques mètres de lui. Il a carrément vu une forme humaine s'en extirper et filer dans l'ombre. Tu comprends ce que ça veut dire, Rom ?

Je n'ai pas le temps de dire un mot avant qu'elle poursuive :

— Papa n'était pas le seul à épier la scène ! Et c'était peut-être aussi le cas les nuits précédentes.

— Il n'a aucune idée de qui c'était ?

— Aucune ! Ça lui a fait peur. Il a décidé de ne plus retourner sur la plage la nuit et de parler à Élodie dès qu'il en aurait l'occasion. Mais avant qu'elle se présente, le meurtre avait eu lieu…

J'ai de gros doutes.

— Tu es vraiment sûre qu'il n'est pas allé espionner ce qui se passait la nuit du crime, lui qui voulait tant empêcher Élodie de se mettre dans les ennuis ?

— Certaine ! Ce soir-là, il y a eu une panne d'électricité au camping. La soirée karaoké a été annulée. Il a passé des heures à essayer de réparer le tableau électrique, puis on a couru partout pour distribuer des bougies et rassurer les vacanciers. Quand on est enfin allés se coucher, on était si crevés qu'on dormait debout ! Je suis sûre qu'il ne s'est pas relevé.

Je réfléchis intensément.

— Et si Élodie avait de nouveau retrouvé Hugo Jalabert, la nuit du meurtre ? Ça pourrait être une seconde dispute qui aurait mal tourné ?

— Papa est persuadé de son innocence, proteste-t-elle. C'est pour ça qu'il souhaite qu'on garde toute cette histoire secrète, pour l'instant. Son témoignage pourrait la rendre suspecte, tu comprends ? Il n'a pas voulu prévenir la police et n'a raconté tout cela à personne d'autre qu'à moi. Pas même à André, qui est pourtant un de ses meilleurs amis, mais tu sais comme il est bavard ! Papa évite donc de parler d'Hugo Jalabert avec lui depuis qu'il a découvert son trafic avec Élodie.

Je n'ose pas dire à mon amie qu'Hervé serait également suspecté, puisqu'il a été mêlé de près à tout ce manège. Je me demande aussi s'il dit toute la vérité à sa fille. Y avait-il vraiment un autre espion ? Si c'est le cas, il faut absolument découvrir de qui il s'agissait. En attendant, Hervé semble vouloir protéger Élodie à tout prix. Je ne peux pas occulter de nouvelles hypothèses... Si la dispute entre Hugo et sa petite amie s'est reproduite et envenimée, est-ce qu'Hervé a cherché à intervenir et jusqu'où est-il allé ? A-t-il voulu récupérer les prétendus vestiges archéologiques pour lui ? Est-ce qu'il ment à Capucine ? On peut tout imaginer...

—Pour moi, conclut mon amie, le mobile du crime est évident ! Quelqu'un a su qu'un trésor archéologique se trouvait sous la plage de la Conche des Baleines et a voulu doubler Hugo pour le récupérer et revendre les os au marché noir.

—Du trafic d'os de baleines... réfléchis-je. Après tout, ça doit exister.

—Antiques, les os ! précise Capucine. Moi aussi, j'ai creusé à plusieurs endroits pour les chercher, aujourd'hui. Une ado qui joue à faire des trous, ça paraît naturel à tout le monde. Mes fouilles n'ont rien donné… Il faudra sans doute qu'Élodie révèle l'emplacement quand tout sera tiré au clair.

J'ai du mal à trier tous les éléments que j'ai désormais à ma disposition. J'aurais un sacré puzzle mental à reconstituer, mais plus tard. Dans l'immédiat, Capucine m'aide à passer la plage au peigne fin à la recherche d'indices, y compris dans le rectangle de Rubalise qui n'encadre plus que du vide. On vérifie aussi les interstices entre les rochers des deux seuls monticules de pierres de la zone, le chemin d'accès et les arbres autour. Il n'y a rien de rien à part des déchets que je récolte pour les jeter à la poubelle. Pas d'aiguille dans la botte de foin, et surtout, pas d'os de baleine dans le tas de sable ! Échec et déprime, bonjour.

— Je crois que je n'en apprendrai pas plus ici, dis-je à Capucine. Merci beaucoup pour ce que tu m'as raconté, je suis persuadé que ça va m'aider à faire la lumière sur l'affaire.

— N'oublie pas que tu as promis de n'en parler à personne !

— Juré !

Je rejoins mon vélo en laissant mes pensées divaguer. Le camping des Chaumes est tout proche. Quitte à passer devant, je m'approche de son entrée pour tenter d'apercevoir Hervé. Je ne suis pas certain d'oser le questionner sur les événements, pourtant ce serait très intéressant d'avoir sa version, ne serait-ce que pour chercher des incohérences avec ce qu'il a raconté à sa fille.

Toutefois, je renonce à la simple idée de lui parler dès que je le repère : il a l'air surbooké. Il est devant le compteur électrique, dans son éternel short qui lui donne l'air d'un prof d'EPS, occupé à la fois à vérifier un fusible et à parler au téléphone. Est-ce que je ne m'approcherais pas pour écouter ?

p. 88

Hervé termine son coup de téléphone et court déjà vers d'autres tâches. Un « ding » sonore l'informe qu'il a reçu un texto tandis qu'il me remarque et m'adresse un coucou assorti d'un sourire. Débordé, mais de bonne humeur ! Je l'ai toujours connu comme ça. Je lui rends son bonjour avant d'opérer un demi-tour avec mon vélo et de reprendre ma route.

LES HYPOTHÈSES

De retour chez ma tante Laura, il est temps d'assembler les pièces du puzzle. Je fais l'inventaire de mes découvertes chez Hugo Jalabert, à la capitainerie d'Ars-en-Ré, dans les marais salants, au phare et sur la plage de la Conche des Baleines. Ces lieux m'ont livré de nombreux indices et des informations précieuses dont je peux certainement tirer la vérité sur ce qui s'est passé si je me pose les bonnes questions.

Qu'est-ce qu'Hugo Jalabert était venu faire sur l'île de Ré ?

....

....

....

....

....

....

....

....

Voulait-il devenir ami avec André et pourquoi exigeait-il de toujours plonger au même endroit ?

....

....

....

....

....

....

....

....

....

Pourquoi s'est-il rapproché d'Élodie ?

....

....

....

....

....

....

....

....

....

Que faisaient Hugo et Élodie sur la plage pendant la nuit ?

....

....

....

....

....

....

....

....

....

....

De quoi Hugo avait-il peur ces dernières semaines ?

....

....

....

....

....

....

....

....

....

Qui avait découvert ce qu'Élodie et Hugo faisaient sur la plage ?

....

....

....

....

....

....

....

....

....

Ai-je remarqué des mensonges ou des comportements bizarres ?

....

....

....

....

....

....

....

....

Qui menace Élodie par lettre anonyme et que veut cette personne ?

....

....

....

....

....

....

....

....

....

Tout cela nous mène à la question centrale : qui a tué Hugo Jalabert, et pourquoi ?

....

....

....

....

....

....

....

....

INDICES & PIÈCES À CONVICTION

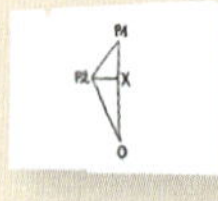

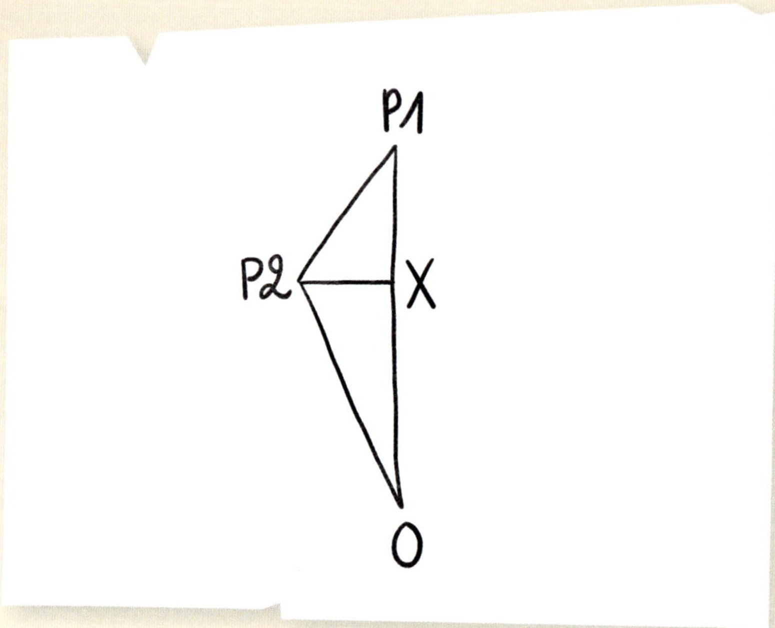

RETOUR À LA PAGE 21

CHAPITRE PREMIER

Le 9 janvier 1920, le paquebot *Afrique* quitte la France pour le Sénégal avec à son bord Monseigneur Hyacinthe-Joseph Jalabert. On prétend que cet évêque emportait un véritable trésor composé de lingots d'or et de bijoux. Malheureusement, le navire est rapidement pris dans une forte tempête. Les turbines tombent en panne, l'eau s'infiltre et les secours ne parviennent pas à s'approcher. L'*Afrique* dérive avant de sombrer entre la pointe des Baleines de l'île de Ré et le plateau de Rochebonne. Seules trente-quatre personnes sont sauvées de cette terrible tragédie. Hyacinthe-Joseph Jalabert périt cette nuit-là. Son trésor n'ayant jamais été retrouvé depuis, on suppose qu'il est toujours englouti au fond de l'océan. Ou qu'il n'a jamais existé…

- 7 -

RETOUR À LA PAGE 22

Un coup d'œil derrière moi me confirme que le quai est vide et je bondis sur le voilier ! Rien ne traîne sur les bancs à part une corde d'amarrage supplémentaire. J'essaye d'ouvrir la porte de la cabine, et par chance, elle n'est pas fermée à clé. Me voici à l'abri des regards, explorant cette pièce étriquée où lit, table, banc et petit frigo sont savamment disposés. Ma fouille ne m'apporte pas grand-chose : je trouve seulement du matériel de navigation, de plongée, une carte marine du plateau de Rochebonne et un paquet de barres de céréales. Déçu, je ressors et découvre Jules et Blanche qui m'observent depuis le quai !

— Je suis désolée, Romain, m'annonce Blanche, j'ai dû appeler la police. C'est la procédure quand quelqu'un s'introduit à bord d'un bateau qui ne lui appartient pas, et je ne peux pas faire d'exception !

Quelques minutes plus tard, l'inspecteur Vussiane arrive et ne me ménage pas. Il sait que je suis le neveu de Laura et établit immédiatement un lien entre l'affaire Hugo Jalabert et mon intrusion dans le bateau d'André. Entre ses questions et ses reproches, je n'ai pas d'autre choix que d'avouer que je mène ma propre enquête dans l'espoir d'aider ma tante. Ses sourcils s'en froncent encore davantage.

— C'est fini, Romain, cette affaire est trop grave pour que tu t'en mêles, et tu pourrais même gêner notre travail. Tu es au courant que ta tante est sérieusement suspectée ? Ton comportement n'arrange pas sa situation, crois-moi. Désormais, tu arrêtes tes bêtises et tu te tiens à carreau. Je vais te faire surveiller, de toute façon.

Tout ça à cause d'un mauvais choix… J'ai le cœur serré.

Ainsi s'achève mon enquête.

MISÈRE ! RECOMMENCE TON ENQUÊTE AVEC PLUS DE PRUDENCE…

OU RETOURNE À LA PAGE 34, COMME SI DE RIEN N'ÉTAIT.

CLASS/CLASSE
ECONOMY CLASS/
CLASSE ÉCONOMIQUE

NAME OF PASSENGER/NOM DU PASSAGER
HUGO JALABERT

DATE/DATE
25 JUIL 2024

ALLER SIMPLE

PARIS (CDG) FRANCE

SAN JOSÉ (SJO) COSTA RICA

SEAT/SIÈGE
15A

BOARDING TIME/EMBARQUEMENT : 15H50

TRAVEL TIME/DURÉE DU VOYAGEE : 11H40

RETOUR À LA PAGE 24

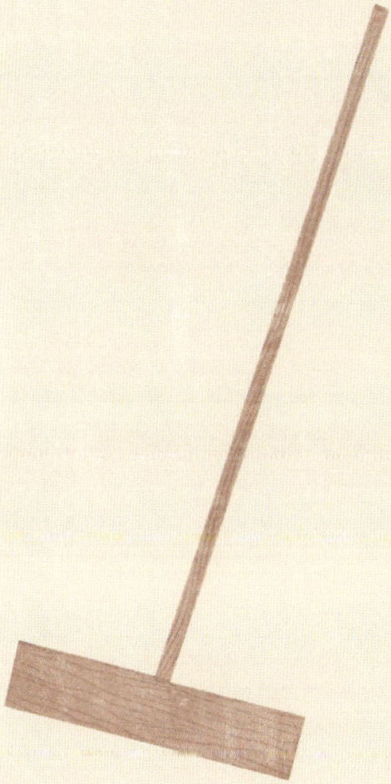

RETOUR À LA PAGE 38

Une lettre de menace anonyme ! Écrite avec des lettres découpées d'un magazine !

RETOUR À LA PAGE 53

RETOUR À LA PAGE 55

— Oui, tout à fait, c'est le camping des Chaumes à l'appareil. Je vous avais dit que nous étions complets, mais nous venons d'avoir un désistement et notre bungalow numéro 14 se libère après-demain, finalement ! Ça vous intéresse toujours ?

Une jeune femme arrive en brandissant une feuille dont je distingue l'intitulé « MENU DE LA SEMAINE » en grosses lettres. Hervé le valide d'un pouce levé tout en poursuivant son appel téléphonique.

— Et on n'a toujours pas retrouvé la pelle du camping, l'informe l'employée avant de s'éclipser.

RETOUR À LA PAGE 70

TOURNE LA PAGE POUR

DÉCOUVRIR ENFIN LA VÉRITÉ

ÉPILOGUE
Rendez-vous avec le tueur

Ça y est ! Je prends le chemin du rendez-vous nocturne fixé par la lettre anonyme qu'Élodie a reçue et je sais qui je trouverai sur la plage, cette nuit. Il m'a fallu de la patience pour démêler chaque fil de cette affaire, mais j'ai désormais compris ce qui s'est réellement déroulé sur l'île… et au large de l'île ! Car c'est là-bas, sous l'océan, que tout commence.

Lorsque j'ai fouillé la maison d'Hugo Jalabert, j'ai parcouru des livres qui ont mis mon sens de l'observation en alerte. Ça a même été un beau feu d'artifice dans mon cerveau quand j'ai lu le nom de l'évêque disparu dans le naufrage du paquebot *Afrique* : Hyacinthe-Joseph Jalabert ! Le même patronyme que la victime !

Cela ne pouvait pas être une coïncidence, et j'ai tout de suite su que je tenais une piste.

En s'intéressant au passé de sa famille, Hugo avait découvert une légende alléchante. Un de ses ancêtres possédait un trésor composé de lingots d'or et de bijoux, et ce butin reposait toujours au fond de l'océan, entre le phare des Baleines et le plateau de Rochebonne. De quoi rêver ! C'est ce qui a motivé Hugo à tout quitter pour s'installer sur l'île de Ré. Il a lâché son travail, investi dans du matériel très coûteux comme sa combinaison de plongée et ses jumelles, et s'est rapidement retrouvé en difficulté financièrement. Pas très confortable pour éviter de se faire remarquer, mais il espérait mettre la main sur le trésor assez vite pour disparaître avant que les ennuis commencent. Dès que les lingots seraient à lui, il s'envolerait pour le Costa Rica et serait riche ! Le billet d'avion que j'ai déniché dans la table de nuit, avec un vol prévu pour la semaine prochaine, laisse penser que l'affaire était bien avancée. Après tout, Hugo demandait toujours à André de plonger au même endroit, ces derniers temps. C'est probablement parce qu'il avait découvert l'emplacement du trésor de Jalabert, après des mois de recherches ! Et qu'il était bientôt prêt à se faire la malle avec !

Mais une question avait dû se poser pour Hugo : comment remonter et transporter le trésor au nez et à la barbe d'André et des habitués de la capitainerie ? Facile ! Sa combinaison de plongée est un modèle spécial, avec des poches sur les hanches. Lors de chaque sortie en mer, il rapportait une petite partie du butin dedans. Discrétion assurée, mais pas au point de traîner ou de s'arrêter boire un coup au port. Hugo rentrait vite chez lui pour cacher son trésor, rassemblé jour après jour. C'est pour cela qu'il était tout à coup devenu distant aux yeux des autres. Et puis, Hugo a commencé à s'inquiéter, se sentant épié et suivi, et il s'est isolé davantage. Tout le monde avait remarqué son anxiété. La preuve : il avait même ajouté des verrous supplémentaires sur sa porte !

Je me suis longuement demandé ce qu'Hugo fabriquait si souvent au phare des Baleines et sur la plage, avant de mettre le doigt sur l'évidence : il y cachait son trésor de la manière la plus sûre qui soit : à la façon d'un pirate !

Loin de creuser pour chercher un trésor, Hugo creusait pour enterrer le sien.

Une boîte enfouie dans une étendue de sable est impossible à retrouver sans une carte précise. La plage manque de repères pour localiser l'emplacement de la cachette et, une fois le trou rebouché, le sable redevient parfaitement lisse. Hugo savait que même un espion qui l'aurait aperçu en pleine action ne pourrait pas retrouver l'endroit exact de ses coups de pelle. Son trésor serait bien plus en sécurité ici que chez lui !

Hugo a poussé la précaution jusqu'à son plus haut point, si j'ose dire : pour réaliser la carte qui lui permettrait de retrouver sa cachette, il a grimpé au sommet du phare des Baleines et a observé les rares détails immuables du lieu. La figure géométrique qu'il a dessinée est un schéma de la Conche des Baleines ! « O » pour l'obélisque, mieux connu sous le nom de pyramide des Chaumes, « P » pour pierres, et X pour l'emplacement du trésor ! Il faut être en haut du phare et muni de bonnes jumelles pour repérer le bon endroit. C'est là qu'Élodie entre en jeu.

Elle était bien la petite amie d'Hugo : je l'ai appris de Nancy, à qui Élodie s'était confiée. En recoupant tous les éléments à ma disposition, j'ai fini par deviner ce qui s'était produit. Hugo a révélé une partie de son secret à sa petite amie pour qu'elle l'aide. Lui se postait en haut du phare, muni de sa carte. La mission d'Élodie était alors de se rendre sur la plage et de se laisser guider par talkie-walkie jusqu'au bon emplacement. J'ai d'ailleurs remarqué qu'il y avait des talkies-walkies de même modèle chez Hugo et à l'accueil du phare ! Hugo rejoignait ensuite Élodie pour pique-niquer et, tard dans la nuit, quand le lieu était désert, ils déterraient la boîte enfouie et y ajoutaient le butin du jour.

Lui avait-il promis de partager le trésor avec elle ? Prétendait-il l'aimer pour mieux se la mettre dans la poche ? Ça ne m'étonnerait pas ! Son plan n'avait rien de romantique puisqu'il s'apprêtait à partir seul pour le Costa Rica. Non seulement il n'y avait qu'un unique billet d'avion dans la pochette, mais en plus, Élodie n'aurait jamais envisagé de quitter l'île sans son fils. Elle tient trop à Jules pour l'abandonner ou l'emmener de force loin de son père. À mon avis, Hugo a seulement fait croire à Élodie qu'il était amoureux d'elle, mais ne l'incluait pas dans ses plans. Jules avait raison de penser qu'il la manipulait. J'ai d'ailleurs une petite idée sur la raison de la dispute du couple, la nuit précédant le meurtre : sans les indications d'Hugo, Élodie était incapable de localiser le trésor. Elle a dû exiger des comptes quand elle en a pris conscience ! Serait-elle allée jusqu'à tuer Hugo pour récupérer le butin et se venger ? D'où viendrait la lettre anonyme, dans ce cas ? Qui la menacerait ? J'ai déjà les réponses à ces questions et je peux affirmer que c'est l'auteur du message envoyé à Élodie qui a commis le crime.

Minuit ! Je suis désormais à l'entrée de la plage de la Conche des Baleines, accompagné de policiers qui ont attentivement écouté mes déductions quand je suis allé les voir en fin d'après-midi. Ils pourront très bientôt arrêter le coupable avant qu'il ne s'enfuie de l'île. J'avoue que je suis rassuré de ne pas affronter le meurtrier seul, je n'en aurais pas mené large ! Résoudre l'affaire est une chose, procéder à une arrestation en est une autre. Ça n'enlève néanmoins rien à ma fierté, car l'enquête m'a donné du fil à retordre…

Même après avoir compris ce qu'Hugo Jalabert était venu fabriquer sur l'île de Ré et comment il avait trouvé et protégé son trésor, il me restait beaucoup de suspects sur les bras. Il se croyait malin, mais son manège était loin d'être discret. André et Blanche avaient chacun compris qu'il rapportait secrètement des choses précieuses de ses plongées. Hugo s'était également fait repérer sur la plage par Hervé, du camping des Chaumes. Et que dire de cette manie de monter un drapeau rouge ou vert ? Elle a aussi pu intriguer plus d'une personne ! J'ai facilement deviné qu'il s'agissait d'un code pour signaler à Élodie que la « pêche » avait été bonne ou non. Elle savait ainsi s'ils devraient aller « pique-niquer » pour mettre le butin à l'abri. C'est presque toute l'île qui pouvait soupçonner Hugo d'avoir trouvé un trésor, quand j'y pense ! Tout le monde aurait ainsi pu le convoiter. Tout le monde était suspect !

Il est maintenant minuit et demi. La nuit est claire grâce à la lune gibbeuse, cette phase presque pleine qui offre une belle lumière. Je suis caché derrière le plus gros monticule de pierres de la plage, avec trois policiers. L'océan chante dans notre dos, ses longs mouvements ressemblent à une respiration profonde. Sans la tension de l'attente, je m'assoupirais. Les minutes passent, j'en suis à compter les secondes. Soudain, une silhouette émerge du chemin de la pyramide des Chaumes.

André, l'ami saunier de ma tante ! Il arpente la plage, une pelle à la main. Le manège d'Hugo ne lui a pas échappé. Il a dû le suivre, un soir, et l'a vu enterrer son trésor par ici.

Tout à coup, un faisceau de lampe de poche brille depuis l'autre bout de la plage, dans notre direction. André s'aplatit derrière le second monticule de pierres pour se cacher et ne bouge plus d'un pouce.

Au bout d'un long moment, l'individu atteint notre zone et nous révèle son visage : c'est Blanche, la cheffe de la capitainerie ! Elle aussi a apporté une pelle. Je l'observe planter son outil à droite et à gauche sans réellement se décider à creuser. Le comportement d'Hugo a attisé sa curiosité ; elle l'a probablement pris en filature jusqu'ici, où elle a découvert qu'il enterrait des lingots d'or avec Élodie. Blanche ne sait toutefois pas davantage où creuser qu'André quelques minutes plus tôt. Brusquement, elle se tend. On entend des bruits de pas en provenance du chemin d'accès. La cheffe de la capitainerie fonce entre les arbres en bordure de la plage et s'y camoufle.

Près de la pyramide des Chaumes, Hervé apparaît. J'ai tenu ma promesse lors de mes explications à la police : je me suis débrouillé pour ne rien répéter de ma conversation avec Capucine, mais maintenant qu'Hervé est là, il devra justifier sa présence. Je remarque qu'il n'a pas de pelle, contrairement aux autres. C'est une batte de base-ball qui pèse dans sa main, menaçante. Élodie surgit pile à ce moment-là, armée d'une barre de fer. Elle avance sur la plage, livide comme la lune. Je sens sa peur d'ici.

— Merci d'être venu, mon texto a dû te paraître surréaliste, mais je t'expliquerai tout… lance-t-elle à Hervé tandis qu'une nouvelle silhouette se dessine sur le chemin qui surplombe la plage.

C'est le meurtrier ! Je fais des signes muets aux policiers qui se tiennent prêts à intervenir. Le jeune homme descend en direction d'Élodie, brandissant une pelle.

—Ce n’était pas la peine d’amener un garde du corps de pacotille, ça aurait dû rester entre nous ! s’énerve-t-il. Dis-moi où est l’emplacement du trésor !

André se redresse derrière les rochers, stupéfait.

—Lucas ! s’exclame-t-il.

—Voilà pourquoi tu as voulu rendre ton bungalow plus tôt, comprend Hervé. Tu comptais fuir après ton crime !

Les policiers bondissent et encerclent l’employé saisonnier d’André en moins d’une seconde. Il laisse tomber sa pelle au sol, ou plutôt celle de ma tante Laura, que je reconnais à son manche rouge.

Je m'approche à mon tour et je repère aussitôt une grande balafre sous le genou de Lucas… Voilà pourquoi il tenait à porter un pantalon, en dépit de la chaleur ! Il a dû se faire mal en escaladant le portillon du jardin de ma tante pour aller voler sa pelle.

— Je ne voulais pas le tuer, gémit-il en levant les mains. Je l'ai suivi et surveillé pour voler le trésor. Je l'ai menacé pour qu'il avoue l'emplacement, et ça a mal tourné. On s'est battus… Je l'ai assommé sans penser que ça le tuerait.

— Ça ne t'a pas empêché de continuer à convoiter le trésor ! intervient Blanche en sortant de sa cachette.

— C'est vrai, je voulais effrayer Élodie pour qu'elle m'indique où creuser et quitter cette maudite île avec le trésor. Mais je ne suis pas le seul qui le convoitait ! Vous pensiez tous le récupérer ce soir, sinon vous ne seriez pas là !

Blanche ne peut pas le nier, André non plus, et Hervé s'exclame :

— Il y a donc bien des squelettes de baleines enfouis ici ? Je le savais !

Oups ! le père de Capucine est complétement paumé…

J'ai eu des soupçons à son encontre durant mon enquête, ainsi qu'à propos de nombreux autres habitants de l'île comme Blanche, André et Jules. La lettre anonyme menaçant Élodie m'a rapidement convaincu que ni elle ni son fils n'avaient commis le crime. Hervé, lui, ne manquait pas de mobiles : il aurait pu être jaloux de la relation d'Élodie et d'Hugo, en colère de découvrir que ce dernier manipulait Élodie… et désireux de récupérer un trésor, qu'il imaginait fait de vestiges antiques ! Toutefois, il est fort à parier qu'il n'en aurait pas autant dit à sa fille. Son alibi a achevé de me convaincre de son innocence : Capucine m'a garanti qu'il était épuisé, après la panne d'électricité, et qu'il ne s'était pas relevé de la nuit. De son côté, André était le mieux placé pour comprendre ce qu'Hugo mijotait, et j'ai noté qu'il a continué de l'emmener plonger alors que son comportement l'agaçait. Voulait-il s'assurer que le trésor soit complet avant de le voler ? Cette nuit, il espérait en tout cas récupérer le butin laissé par la victime ! Blanche aussi cachait mal qu'elle avait percé à jour le secret d'Hugo. Je n'ai cependant remarqué aucune blessure pouvant provenir du portillon de ma tante sur les bras ou sur les jambes d'André et de Blanche. C'était insuffisant pour les disculper totalement, mais mes doutes se sont évanouis grâce aux multiples détails qui incriminaient le vrai coupable : Lucas !

L'affaire est résolue, cette fois. Dès le lendemain, les inspecteurs de police mènent des interrogatoires qui permettent de tout éclaircir. Grâce à mon rôle dans le dénouement de cette histoire, ils m'autorisent à y assister en tant que spectateur muet.

— André parle beaucoup, nous explique Lucas. Il me racontait son agacement envers Hugo et ses soupçons sur ce qu'il manigançait. Il était persuadé qu'il remontait un trésor petit à petit du fond de l'océan. Ça a piqué ma curiosité, alors j'ai commencé à surveiller Hugo. Je me suis vite aperçu qu'il cachait effectivement quelque chose, et vu son anxiété, ça avait l'air précieux. Un meurtre ne m'a jamais traversé l'esprit, je voulais seulement le cambrioler ! Sauf qu'il a décidé de mieux cacher son butin en l'emportant au fur et à mesure sur la plage de la Conche des Baleines.

C'est là qu'Élodie s'est greffée à l'affaire.

— J'espionnais Hugo et Élodie pour essayer de repérer l'emplacement de la cachette, poursuit Lucas, et je guettais le moment où le trésor serait complet. Avant-hier, une grosse dispute a éclaté entre eux, ça a précipité les événements... Le lendemain, Hugo a annulé sa sortie en mer avec André et j'ai deviné qu'il voulait récupérer le trésor et fuir. J'ai pris la pelle du camping pour aller le déterrer avant lui ; j'espérais pouvoir le localiser par moi-même, mais c'était impossible ! Hugo est arrivé, seul. Je me suis caché, décidé à attendre qu'il sorte son butin de sa cachette pour le lui voler à ce moment-là. Avec une cagoule, l'effet de surprise et la nuit, il ne me reconnaîtrait pas et je m'enfuirais avec le trésor. Toutefois, Hugo tournait en rond sans creuser. La pression a eu raison de ma patience. J'ai bondi de derrière les arbres pour le menacer et lui ordonner de m'indiquer l'emplacement, du butin mais il m'a crié qu'il ne pouvait pas y parvenir sans Élodie. Puis on a commencé à se battre, et ça a mal fini.

C'est le moins qu'on puisse dire…

— Quand j'ai pris conscience qu'il était mort, explique Lucas, j'ai eu peur et j'ai voulu brouiller les pistes. On réfléchit vite dans ces moments-là. À cause des bavardages sans fin d'André, je savais qu'Hugo était en conflit avec Laura, alors je suis allé voler sa pelle pour qu'elle soit accusée. Je pensais que ça me donnerait un peu de temps pour fuir discrètement. Il ne me restait plus qu'à inventer une histoire pour André. Dès demain, je comptais prétendre que ma famille avait finalement besoin de moi et stopper mon contrat. J'avais même déjà prévenu que je rendais le bungalow.

Ça, je le savais grâce au porte-clé numéro 14, qui pendait de la poche de Lucas lors de ma visite dans les marais salants ! Dès qu'Hervé a parlé du bungalow 14 qui se libérait, au téléphone, j'ai compris que Lucas partait beaucoup plus tôt que prévu et que c'était louche. J'avais aussi remarqué qu'il avait menti lorsqu'il discutait avec André. Il a prétendu être allé aux fêtes du camping tous les soirs de la semaine alors que la nuit du meurtre, la panne d'électricité a annulé la soirée. Sa nervosité le poussait à se chercher n'importe quel alibi pour ne pas être suspecté, mais il a au contraire attiré mon attention avec son mensonge !

— Avant de quitter l'île, conclut Lucas, je me suis donné une dernière chance de récupérer le trésor. Hugo avait dit qu'il avait besoin d'Élodie pour trouver l'emplacement, elle devait donc connaître la cachette. Alors j'ai demandé des magazines à André et j'ai fabriqué une lettre anonyme avec. J'ai menacé Élodie et lui ai donné rendez-vous. La suite, vous y étiez.

Quel soulagement de savoir Laura innocentée ! Grâce à la figure géométrique que j'ai trouvée chez Hugo, nous parvenons à localiser le trésor. Un tas de gens viennent sur la plage pour l'occasion. On creuse, on creuse, et à un mètre de profondeur, on découvre une grosse boîte hermétique qui contient vingt-cinq lingots d'or et une dizaine de colliers sertis de pierres précieuses ! Avec Capucine et Gaël, on a les yeux qui brillent. Tout cela sera bientôt exposé dans un musée, qui rendra également hommage aux disparus du naufrage de l'*Afrique*.

— Bon, les gars, nous lance Capucine qui ne perd jamais le nord, on va manger une glace ?

En voilà, une bonne idée ! Car la vie reprend enfin son cours sur l'île de Ré, et les vacances peuvent commencer.

D'autres enquêtes t'attendent
dans la même collection !

MYSTÉRIEUSES AFFAIRES

Un crime.
Cinq lieux. Cinq chapitres.
Des indices à collecter...
Et un coupable à débusquer.

SAURAS-TU LEVER LE VOILE SUR CES AFFAIRES ?

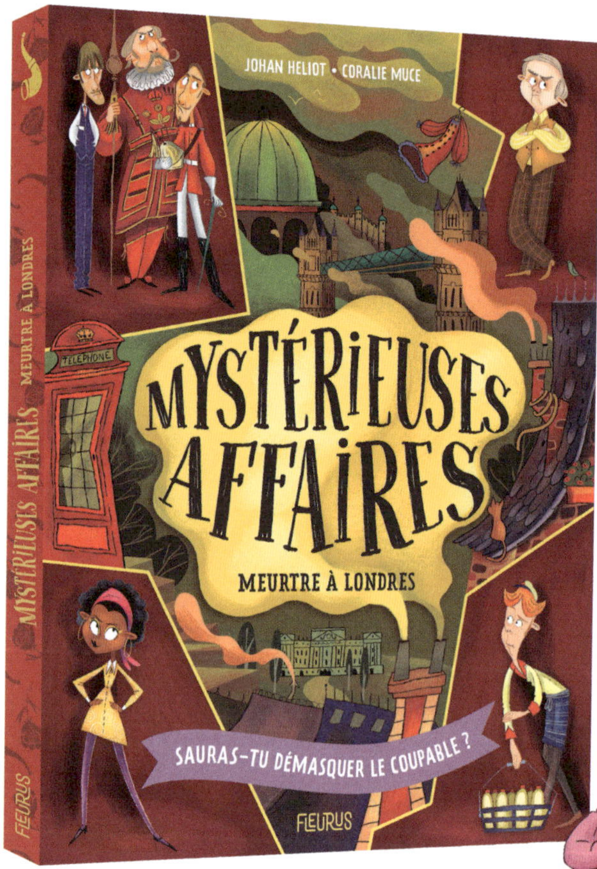

JOHAN HELIOT • CORALIE MUCE
MYSTÉRIEUSES AFFAIRES
MEURTRE À LONDRES
SAURAS-TU DÉMASQUER LE COUPABLE ?
FLEURUS
TELEPHONE

FABIEN CLAVEL
CORALIE MUCE
MYSTÉRIEUSES AFFAIRES
LA BALLERINE DISPARUE
SAURAS-TU DÉMASQUER LE COUPABLE ?
FLEURUS
MYSTÉRIEUSES AFFAIRES LA BALLERINE DISPARUE
FLEURUS

Retrouve une autre collection d'enquêtes !

MÈNE TON ENQUÊTE

À l'Opéra de Paris

Au chateau de Versailles

Espions et Compagnie

Au cinéma hanté

Menace sur le Louvre

Chez les dieux grecs

Mystère au ballet

Dans les coulisses de la mode

Au temps des pyramides

Au royaume des licornes

À l'ère des dinosaures

À l'abordage !

Complot au club de foot

Menace sur la tour Eiffel

Complot à la cour du Roi Soleil

Intrigue chez le Pharaon

Dans la station spatial

Au cœur de la Résistance

Mystère à Notre-Dame

À l'attaque du chateau !

Au royaume des sirènes

Au temps des samouraïs

MIXTE
Papier | Pour une gestion forestière responsable
FSC® C018236
FSC
www.fsc.org

Produit composé de matériaux certifiés FSC® et de matériaux contrôlés.

Dépôt légal : avril 2024
Achevé d'imprimer en Pologne chez Dimograf
N° d'édition : 24L0424